ARTUR AZEVEDO

SÉRIE ESSENCIAL

ACADEMIA BRASILEIRA DE LETRAS

Diretoria de 2012
Presidente: *Ana Maria Machado*
Secretário-Geral: *Geraldo Holanda Cavalcanti*
Primeiro-Secretário: *Domício Proença Filho*
Segundo-Secretário: *Marco Lucchesi*
Tesoureiro: *Evanildo Cavalcante Bechara*

COMISSÃO DE PUBLICAÇÕES

Alfredo Bosi
Antonio Carlos Secchin
Ivan Junqueira

Série Essencial | Concepção e coordenação
Antonio Carlos Secchin

Produção editorial
Monique Mendes
Revisão
Elvia Bezerra
Projeto gráfico e Editoração eletrônica
Estúdio Castellani | Imprensa Oficial do Estado de São Paulo

Catalogação na fonte:
Biblioteca da Academia Brasileira de Letras

M188 Magaldi, Sábato, 1927-.
Arthur Azevedo : cadeira 29, ocupante 1, fundador / Sábato Magaldi. – 2.ª ed.– Rio de Janeiro : Academia Brasileira de Letras ; São Paulo : Imprensa Oficial do Estado de São Paulo, 2012.
68 p. ; 19 cm. – (Essencial ; 10)

ISBN 978-85-7440-142-3 (Academia Brasileira de Letras)
ISBN 978-85-401-0068-8 (Imprensa Oficial)

1. Azevedo, Arthur, 1855-1908. I. Título. II. Série.

CDD B869.92

Esta edição adota o novo *Acordo Ortográfico da Língua Portuguesa.*

Série Essencial

Artur Azevedo

Cadeira 29 / Ocupante 1 (fundador)

Sábato Magaldi

Academia Brasileira de Letras

imprensaoficial
GOVERNO DO ESTADO DE SÃO PAULO

Artur Azevedo

Sábato Magaldi

Parece-me impossível, ao tratar de Artur Azevedo, que nasceu em 7 de julho de 1855, em São Luís do Maranhão, e faleceu em 22 de outubro de 1908, no Rio de Janeiro, não me valer antes de uma autobiografia publicada na revista *A Máscara*, de janeiro de 1934, mas que se interrompe em 1873. São suas palavras:

> Desde os mais verdes anos, manifestei certa vocação para o Teatro, e, se não fossem meus pais, teria, com

certeza, abraçado à arte dramática. Aos oito anos organizava espetáculos de súcia com os meninos da minha idade e ficava radiante de alegria todas as vezes que apanhava um drama ou comédia para ler. Na biblioteca de meu pai, que possuía bons livros, preferia as peças de teatro, e, como havia muitas em francês, aprendi, com facilidade, a traduzir esse idioma, para poder lê-las. Foi justamente na *Seleta Francesa* que encontrei o assunto da minha primeira peça – uma tragédia, a única que perpetrei. O episódio de Múcio Scevola, queimando a mão na presença de Porsena, me impressionou tanto, que resolvi transportá-lo para o palco. Imaginem o que sairia da pena de um fedelho. Perdeu-se, infelizmente, o manuscrito, que daria, hoje, motivo a boas gargalhadas. Apenas me lembro de dois versos – sim, porque a tragédia era em verso, como toda tragédia que se respeita. Múcio Scevola (e neste ponto não me afastei da história, introduzia-se furtivamente no palácio de Porsena, para matá-lo; mas, por terrível engano, em vez de apunhalar o rei, apunhalava o secretário do rei. Acudia, então um amigo, confidente de Múcio e exclamava: – "Que fizeste, temerário? Tu mataste o secretário!" – Eis tudo quanto resta de minha tragédia!

Entretanto, Múcio Scevole não foi a minha primeira peça. Um ano antes (não riam) tinha eu já um drama em um prólogo e cinco atos, que também se perdeu. Ainda tenho de memória o argumento e posso dizê-lo em poucas palavras. Um pobre pai de família achava-se em uma situação aflitiva porque perdera o emprego e não tinha absolutamente com quê dar de comer à mulher e aos filhos. Passando por uma rua, viu cair do bolso de um milionário estroina uma carteira recheada de notas do banco e ergueu-a do chão sem que ninguém o visse. Travou-se, na alma do infeliz, um tremendo conflito entre a necessidade e o dever. Restituirei o dinheiro? Ficarei com ele? Se o restituir ninguém o aproveitará, porque será desperdiçado, à toa, por um perdulário; se não o restituir, poderei alimentar e vestir minha prole. A necessidade, que tem cara de herege, é mais forte que todos os escrúpulos: o dinheiro não foi restituído. Não foi restituído e "grelou" (cresceu, aumentou), como hoje se diz em linguagem capadócia. Graças a esse achado, que constituía o prólogo do drama, o meu herói dispôs do capital necessário para embarcar numa empresa rendosíssima e acumular contos e mais contos de réis.

Enriqueceu. Entretanto, o milionário, continuando na sua vida de desregramento e dissipação, foi, pouco a pouco, perdendo tudo o que possuía, e ficou reduzido a extrema penúria. Nessa ocasião o outro ajustou contas com a consciência, procurou o homem e restituiu-lhe o dinheiro, com os juros capitalizados. Aí está um argumento, não de drama, mas de comédia, que poderia, ouso dizê-lo, ser tratado com a habilidade de um Sardou. Nas mãos de uma criança, a peça não podia deixar de ser o que foi: um monstro.

Meu pai, a quem pedi que fizesse a conta dos juros do dinheiro encontrado, interessou-se por meu trabalho e quis saber qual era o enredo. Disse-lhe. Ele teve um sorriso de aprovação e perguntou: – "Que título vais dar ao teu drama?" – "Uma Quantia", respondi muito ancho. – "Uma Quantia?" – "Sim, senhor." – "Isso, agora, é tolice. Uma quantia é vago, indeterminado, e não tem significação alguma. Que quantia é essa?" – "É a que cai do bolso do milionário." – "Bem sei: mas qual é a importância?" – "Três contos de réis." – "Pois seja, esse, o título da peça. "Três Contos de Réis" sempre é melhor que "Uma Quantia". Entretanto, aconselho-te que acrescentes uma cifra: três contos de réis é muito pouco dinheiro." Fiquei pasmado diante dessa opinião, porque três contos de réis eram, aos meus olhos, um fabuloso pecúlio, e foi com tal e qual hesitação que aumentei a cifra reclamada pela crítica paterna.

A peça foi representada com sucesso, num salão que havia no fundo do quintal da nossa casa, um precursor do Éden-Lavradio, que meu pai reservava, exclusivamente, para as nossas travessuras, minhas, dos meus irmãos e de alguns amiguinhos da vizinhança. Prendem-se a esse turbulento salão (digo no "salão", para conservar o nome que lhe dávamos) as felizes recordações da minha infância.

Construiu-se, mais tarde, um teatrinho nas lojas de um sobrado da Rua de Santo Antônio, alguns passos da casa onde, poucos anos antes, o Desembargador Pontes Vergueiro assassinava a pobre Maria da Conceição. Naquele sobrado residiu Manoel do Bico, assim chamado por ter tido negócio numa casa térrea, cuja esquina formava um ângulo agudo. A família desse honrado negociante gostava muito de teatrinhos particulares. Aí foi representada uma comédia minha, intitulada "O Fantasma na Aldeia", plágio escandaloso do “Fantasma Branco”, de Macedo, reduzido a um ato.

Em 1879, alguns moços empregados, como eu, no comércio, construíram, no Largo de Carmo (hoje Praça Lisboa), por baixo do Gabinete Português de Leitura, um teatrinho a que deram o arrogante e pomposo título de Teatro Normal. Aí fiz representar, e eu próprio representei, um melodrama cujo manuscrito ainda possuo. Intitulava-se “Fernando Duarte Era Eu”. Pelo mesmo tempo escrevi outra comédia que foi, também, representada no Teatro Normal: “Indústria e Celibato”.

Como se vê, a minha especialidade eram os títulos infelizes. A ação dessa comédia passava-se na cidade do Rio de Janeiro, que eu não conhecia ainda. Um dos personagens, logo depois das primeiras cenas, entrava, fatigadíssimo, de uma longa jornada em caminho de ferro: vinha... de Mata-Cavalos! Eu supunha, não sei como, que Mata-Cavalos fosse uma localidade distante da Corte, como, por exemplo, Vassouras ou Valença. Na plateia estava um guarda-livros, novo na terra, chegado recentemente do Rio de Janeiro. Esse homem ria a bandeiras despregadas

> quando o ator exclamou, com uma mala em cada mão: – "Uf... Venho de Mata-Cavalos!" Só em 1873, chegando a esta capital, verifiquei o meu erro e compreendi a hilaridade do guarda-livros.
>
> Em 1870 – tinha eu, então, 15 anos – escrevi "Amor por Anexins". Foi o meu primeiro trabalho exibido em teatro público.

O pai de Artur retirou-o dos estudos, aos 13 anos, empregando-o numa loja de comércio. Veio, a seguir, uma colocação na burocracia, da qual foi demitido pelo governador da província, que viu nos versos do adolescente uma sátira à sua pessoa.

Ressabiado com a injustiça sofrida, segundo informa Antônio Martins de Araújo no livro que lhe é dedicado (*Arthur Azevedo*: *A Palavra e o Riso*. São Paulo: Perspectiva, 1988), ele se mudou para o Rio de Janeiro e trouxe na bagagem "Amor por Anexins", entreato cômico. Era esse, nas suas palavras, o primeiro trabalho teatral – "farsa, entremez, entreato, ou que melhor nome tenha em juízo" – escrito para as meninas Riosa, que o representaram em quase todo o Brasil e até em Portugal. Na trama, Isaías desfila, com verve espantosa, número imenso de provérbios, ao pedir a mão da viúva Inês. Ela pergunta se ele já viu representar "As Pragas do Capitão" e explica: "Era um militar que praguejava muito. A senhora que ele amava deu-lhe a mão de esposa, mas depois de estabelecer-lhe a condição de não praguejar durante meia hora". Pode-se ler "Les Jurons de Cadillac", de Pierre Berton – por certo a fonte de "Amor por Anexins", como foram muitas comédias francesas o estímulo para as suas adaptações e paródias ("La Fille de Madame Angot"), de Clarville, Siraudin e Koning, com música de Charles Lecocq, passando a "A Filha de Madame Angu", ou "La Belle Hélène", ópera bufa de Jacques Offembach, com libreto de Meillac e Halévy, e "Abel Helena", por exemplo).

Assinale-se que Artur Azevedo transitou por múltiplos domínios, reunindo às atividades de autor de comédias as de dramas, ópera bufa e ópera cômica, *vaudeville*, e revista, tradutor e adaptador, crítico do movimento cênico e animador, além de haver deixado considerável obra em outros gêneros literários, como o conto e a poesia humorística. Entre originais, traduções e adaptações, Artur Azevedo legou-nos cerca de 200 textos.

A biografia de um autor, dispensável na avaliação de seu trabalho, no caso de Artur Azevedo ajuda a compreender o significado positivo de tudo que ele realizou. Sua generosidade começa pela circunstância de que, sendo pai de quatro filhos, cuidou da criação de outros quatro, órfãos de um ator pobre, mantendo ao todo 13 pessoas. Na imprensa, como jornalista, pugnou pela República, preservando sempre o Imperador D. Pedro II. Para a Exposição Nacional de 1908, além de preparar a peça "Vida e Morte", montou textos dos seguintes autores: Machado de Assis, Martins Pena, França Júnior, Artur Rocha, Coelho Neto, Filinto de Almeida, José de Alencar, Goulart de Andrade, Júlia Lopes de Almeida, Pinheiro Guimarães e José Piza.

Na "Espécie de Profissão de Fé", Artur Azevedo observou:

> Prevenido contra esses maldosos que andam a descobrir nos outros imaginários pecados, venho dizer aos meus leitores que amo e respeito profundamente a arte em todas as suas manifestações. Também fui moço e também tive o meu ideal artístico ao experimentar a pena; mas um belo dia, pela força das circunstâncias, escrevi para ganhar a vida, e daí por diante adeus ideal. Quando descobri que no bico daquela pena havia um pouco de pão para a minha prole tornou-se ela para mim um simples utensílio de trabalho que trato de utilizar em proveito meu e de quem me recompensa. E não a posso utilizar melhor do que escrevendo para esses que não me condenam, e se satisfazem com a minha simplicidade.

Em face desse reconhecimento, o papel do crítico seria o de concordar com o autor e concluir que ele abandonou o ideal literário. Confessaria ele não ter suficiente talento ou que as condições do nosso Teatro não permitiam outro caminho. Qualquer dessas hipóteses não é verdadeira, por acolher os preconceitos do tempo. O princípio do "teatro sério" despreza as obras ligeiras, como se elas representassem apenas uma concessão ao gosto menor. Com esse critério, "O Dote" seria considerada a melhor peça de Artur Azevedo. Mas é impossível não admitir que as burlescas alcançaram idêntica ou melhor realização, como o demonstrou "O Mambembe", na antológica montagem do Teatro dos Sete, estreada em 1959 no Teatro Municipal, sob a direção de Gianni Ratto e no desempenho de Fernanda Montenegro, Ítalo Rossi, Sérgio Britto, Fernando Torres, e prolongada por mais cinco meses no antigo Teatro Copacabana.

Foi possível a Artur Azevedo asseverar:

> Orgulho-me de dizer que os meus folhetins foram a origem não só de todo esse movimento de simpatia que se formou em volta da ideia do Teatro Municipal, mas do próprio Teatro Municipal (como consequên-

cia, sobretudo, de incansável campanha de Artur Azevedo, que pensava destiná-lo a uma companhia brasileira permanente. Era essa outra faceta do homem de teatro), movimento considerabilíssimo, se o compararmos à indiferença, à esmagadora apatia dos outros tempos. O grande caso é que o Teatro Municipal está criado por lei.

Não houve um setor do teatro que permanecesse estranho ao animador. Crítico de visão, foi dos primeiros a proclamar o gênio de Eleonora Duse, ainda Duse Checchi, quando veio ao Brasil com 25 anos de idade, em 1885. Embora avesso à Política, assinalou-se como ardoroso abolicionista, escrevendo, após estudar a Lei do Ventre Livre, a peça em um ato "O Liberato", e, em 1882, seis anos antes da Abolição, "A Família Salazar", drama que seria publicado dois anos mais tarde com o título de "O Escravocrata". Criador, ao lado de Joaquim Serra, de Moreira Sampaio e outros, da "Revista de Ano", introduziu em "O Mandarim", em definitivo, como assinalou Raimundo Magalhães Júnior, a caricatura pessoal. Um traço biográfico não pode ser omitido: com exceção de "O Almanjarra", que pediu para ser representada, todos os outros trabalhos escreveu de encomenda, atendendo a insistentes pedidos.

Um papel se destinava a um ator, um tipo servia a outro. Tudo em Artur Azevedo representava intimidade com o Teatro, numa dedicação de todos os momentos.

Como funcionário público, considerado exemplar, foi promovido, após 33 anos de trabalho, a poucos dias antes da morte, a diretor geral do Ministério da Viação, na vaga de Machado de Assis. Imbuído de espírito associativo, incluiu-se entre os criadores do Clube Rabelais, embrião da Academia Brasileira de Letras, da qual foi um dos fundadores, ocupando a Cadeira cujo patrono é Martins Fontes (e Josué Montello mais tarde o titular).

Dos 200 textos firmados por Artur Azevedo, quase uma centena eram peças teatrais, das quais, infelizmente, chegaram até nós apenas 58, tendo sido perdidas as restantes. Às conservadas acrescentem-se monólogos e sainetes, constituindo o "Teatro a Vapor" 105 esquetes, divulgados como crônica semanal.

Acreditava Artur Azevedo que "o Teatro que mais convém aos países novos é o Teatro de costumes, e esses, deixem lá, é o verdadeiro Teatro". Embora discutível, esse conceito o levou a fixar-se nas Comédias e nas Revistas de Ano, mais propícias à pintura desses costumes.

Além do temperamento movido pelo otimismo, Artur Azevedo preferiu a Comédia, certamente pela crença segundo a qual "ninguém escreve peças tão claras, tão nítidas, tão harmoniosas como os franceses – em Molière está o embrião de toda a Dramaturgia moderna".

Quer na Comédia como na Revista, a força principal se encontra na teatralidade. A ação progride continuamente, sem permitir um bocejo ou o desligamento do espectador. É-se obrigado a reconhecer que essa qualidade não se acompanha do aprofundamento das personagens. Mais do que caracteres profundos, com psicologia requintada, elas se definem como tipos, sempre muito bem delineados.

Depois de desculpá-lo das faltas e enaltecê-lo pelos numerosos méritos, não resistimos à tentação de considerar Artur Azevedo a maior figura da história do Teatro brasileiro. Não, certamente, o maior dramaturgo – mas a personalidade que melhor encarnou nossos vícios e nossas virtudes, o talento nacional típico, aquele que acompanha a corrente e ao mesmo tempo a fixa nas suas marcas privilegiadas. Em 1903, ele publicou no jornal, onde dialogava em estilo simples com os leitores, uma espécie de epitáfio:

> Quando eu morrer, não deixarei meu pobre nome ligado a nenhum livro, ninguém citará um verso meu, uma frase que me caísse do cérebro; mas com certeza hão de

dizer: "Ele amava o teatro, e este epitáfio moral é bastante, creiam, para a minha bem-aventurança eterna."

Sem preconceito a respeito de gêneros, não teremos a menor dificuldade em considerar as burletas "A Capital Federal", estreada em 1897, e "O Mambembe", que teve a colaboração de José Piza, em 1904, realizações das mais felizes da Literatura dramática brasileira.

Resumo da Biografia

Artur Azevedo (A. Nabantino Gonçalves de A.) nasceu em 7 de julho de 1855, e faleceu no Rio de Janeiro, RJ, em 22 de outubro de 1908. Foram seus pais David Gonçalves de Azevedo, vice-cônsul de Portugal em São Luís, e Emília Amália Pinto de Magalhães.

Aos 15 anos escreveu a peça "Amor por Anexins", que teve grande sucesso, no século XIX.

Em 1873 transferiu-se para o Rio de Janeiro,onde obteve emprego no Ministério da Agricultura. Dedicou-se também ao magistério, ensinando Português no Colégio Pinheiro.

Como jornalista, trabalhou em *O Dia*, no *Correio do Povo*, em a *Gazetinha*, *O Álbum*, *A Notícia*, *O Século*. Outras atividades a que se dedicou: a poesia e a tradução.

Antônio Martins de Araújo escreve sobre os seus últimos dias: "Esmagado pelo cansaço e pela operação tardia, reclamada pela osteomielite no joelho esquerdo, às 9h45min do dia 22 de outubro, na casa n.º 82 da Praça Marechal Deodoro da Fonseca, popularmente conhecida como Largo de São Cristóvão, dolorosamente Artur Azevedo despede-se do século, e cerra-se o pano de boca de toda uma vida devotada às artes e à cultura brasileira."

BIBLIOGRAFIA

Conto

Contos Possíveis, 1889 / *Contos Fora da Moda*, 1894 / *Contos Efêmeros*, 1897 / *Contos em Verso*, 1908 / *Contos Cariocas*, 1928 / *Histórias Brejeiras*, 1962 / *Contos*, 1973 / *Contos Ligeiros*, 1974.

Teatro[1]

I. "Amor por Anexins"; "Uma Véspera de Reis"; "A Pele do Lobo"; "A Filha de Maria Angu"; "A Casadinha de Fresco"; "Abel e Helena"; "O Rio de Janeiro em 1877"; "Nova Viagem à Lua"; "A Joia"; "Os Noivos"; "O Califa da Rua do Sabão"; "A Princesa dos Cajueiros"; "O Liberato"; "A Porta de Botica".

II. "Casa de Orates"; "Um Roubo no Olimpo"; "A Flor-de-Lis"; "A Mascote na Roça"; "O Escravocrata"; "O Mandarim"; "Uma Noite em Claro"; "Cocota e o Gran Galeoto"; "O Carioca"; "O Bilontra"; "A Donzela Teodora".

III. "Herói à Força"; "O Barão de Pituaçu"; "Mercúrio"; "A Almanjarra"; "O Homem"; "Fritzmac"; "Viagem ao Parnasso".

IV. "O Tribofe"; "Entre o Vermute e a Sopa"; "Como Eu me Diverti"; "O Major"; "A Fantasia"; "A Capital Federal"; "Amor ao Pelo"; "O Badejo"; "O Jagunço"; "Confidências"; "Gavroche".

V. "A Viúva Clark"; "Uma Consulta"; "A Fonte Castália"; "O Mambembe"; "As Sobrecasacas"; "Guanabarina"; "O Ano que Passa".

---

[1] Conforme edição organizada por Antônio Martins de Araújo, para o INACEN, 1983.

VI. "O Dote"; "O Oráculo"; "Entre a Missa e o Almoço"; "O Cordão"; "O Genro de muitas Sogras"; "Vida e Morte"; "Cançonetas"; "Monólogos"; "Fragmentos, Alegorias e Cenas".

E mais uma centena de sinetes ou esquetes, dos quais escolhemos alguns para compor a antologia que se segue. Publicou ainda entreatos e recitativos e muitas traduções.

Poesia

Carapuças, 1871 / *Dia de Finados*, 1877 / *Na Rua do Ouvidor*, 1874 / *Sonetos*, 1876.

ANTOLOGIA

Três Pedidos*

(*Cena Histórica*)

(*Gabinete do Diretor Geral da Contabilidade na Secretaria da Indústria. Machado de Assis está sentado, a trabalhar. Um sujeito entreabre timidamente a porta.*)

O SUJEITO: Dá licença?

MACHADO DE ASSIS: Entre. (*O Sujeito entra.*) Aqui tem uma cadeira; sente-se e diga o que deseja.

O SUJEITO: Muito obrigado. (*Senta-se.*) Senhor diretor, requeri há dias um pagamento ao Ministério. O requerimento subiu informado, e está nas mãos de Vossa Senhoria. (*Indicando um papel sobre a mesa.*) Olhe! É este!...

MACHADO DE ASSIS: Mas que deseja o senhor?

O SUJEITO: Venho pedir a Vossa Senhoria que o faça subir hoje mesmo ao gabinete.

MACHADO DE ASSIS: Hoje mesmo não pode ser. Ainda não o examinei, e quero examiná-lo com toda a atenção. Só amanhã subirá.

---

* *In: Teatro a Vapor*. São Paulo: Cultrix/MEC, 1977, pp. 180-181.

O SUJEITO: Amanhã é domingo.

MACHADO DE ASSIS: Nesse caso, depois de amanhã. Desculpe. (*Estende a mão ao Sujeito.*) Preciso estar só. Tenho ainda muito que fazer.

O SUJEITO: Quero fazer ainda outro pedido a Vossa Senhoria, mas este em nome de minha filha.

MACHADO DE ASSIS: Diga depressa.

O SUJEITO: Ela ouviu dizer que Vossa Senhoria é poeta, e manda pedir-lhe que escreva alguma coisa no seu álbum.

MACHADO DE ASSIS: Já não escrevo em álbuns, meu caro senhor, e demais este lugar é impróprio: não se tratam aqui tais assuntos. Desculpe. (*Estende a mão. Entra um servente com uma bandeja cheia de xícaras de café. Machado de Assis oferece uma xícara ao Sujeito.*) É servido!

O SUJEITO: Não, senhor, não tomo café, porque é um veneno, e peço-lhe que faça como eu: não o tome também.

MACHADO DE ASSIS (*Restituindo a xícara à bandeja.*): Pois não! É o terceiro pedido que me faz o senhor desde que aqui está. A este ao menos posso satisfazer: hoje não tomo café.

A Mala*

(*No quarto de dormir do Trancoso, que deitado ao lado de sua esposa legítima, Dona Felisberta, lê o* Jornal do Brasil.)

DONA FELISBERTA: Ó seu Trancoso?

TRANCOSO: Que é?

DONA FELISBERTA: Que história é uma da mala?

TRANCOSO: Que mala?

DONA FELISBERTA: A tal que veio de São Paulo com um defunto dentro?

TRANCOSO: Você não leu?

DONA FELISBERTA: Eu tenho lá tempo de ler jornais?

TRANCOSO: Foi um turco que matou outro e meteu o cadáver dentro da mala para dar sumiço ao mesmo.

DONA FELISBERTA: Credo! Eram turcos desses de fósforos baratos?

TRANCOSO: Não, senhora; estes eram de fósforos caros; turcos de gravata lavada.

DONA FELISBERTA: E qual foi o motivo do assassinato?

---

* *In: Teatro a Vapor*. São Paulo: Cultrix/MEC, 1977, pp. 178-179.

TRANCOSO: Ainda não está averiguado, mas presume-se que o assassino gostava da mulher da vítima. Dizem que é uma beleza.

DONA FELISBERTA: Queria que ela ficasse viúva para casar com ele! Que turco levado do diabo!

TRANCOSO: Por um lado foi bem feito. Quem lhe mandou casar com mulher bonita? Os homens de juízo fazem como eu: casam com mulher feia!

DONA FELISBERTA: Seu Trancoso, eu sei que sou feia, mas é uma sensaboria que você a todo instante me lembre a minha fealdade! E você pensa que é algum Adonis?

TRANCOSO: A sua fealdade, senhora Dona Felisberta, é o meu sossego!

DONA FELISBERTA: Então você pensa que eu não seria honesta se fosse bonita?

TRANCOSO: Uma senhora bonita está exposta a muitas seduções e custa muito caro. Se você não fosse feia, eu tinha a casa sempre cheia de amigos.

DONA FELISBERTA: Feia! Feia!... Pois olhe, nem todos são da sua opinião.

TRANCOSO: Duvido.

DONA FELISBERTA: Ainda ontem, no bonde da Alegria, quando fui à casa da prima Nicota... Está bom! Não conto...

TRANCOSO (*Interessado.*): Conte! Que foi?

DONA FELISBERTA: Não! Você é capaz de se zangar...

TRANCOSO: Não me zango... Conte!...

DONA FELISBERTA: Ora! Para quê?...

TRANCOSO: Conte!... Quero saber o que foi!...

DONA FELISBERTA: Pois bem! Um bonito rapaz chegou-se tanto, tanto para mim, que eu lhe perguntei: – "Que quer o senhor?" Sabe você o que ele me respondeu? – "Quero amá-la!"

TRANCOSO (*Dando um pulo da cama.*): A mala. Quem foi esse patife? Vou amanhã à polícia! Quer meter-me também dentro da mala!...

As Reticências*

(*Na sala de jantar da família Melo. A senhorita Dadá lê, num jornal, os anúncios dos teatros, Mamãe cose; Papai não chegou ainda da repartição.*)

A SENHORITA: Mamãe?

MAMÃE: Que é minha filha?

A SENHORITA: A senhora já viu o título da peça que se representa no Lucinda?

MAMÃE: Não, qual é?

A SENHORITA: "Sorte de..."

MAMÃE: Como?

A SENHORITA: "Sorte de..." reticências.

MAMÃE: Que título esquisito!

A SENHORITA: Estas reticências estão aqui em lugar de uma palavra. Que palavra será?

MAMÃE: Como queres tu que eu saiba, se não conheço a peça?

A SENHORITA: Aí está uma coisa que me aguça a curiosidade! Não dormirei hoje sem saber o que querem dizer estas malditas reticências!

* *In: Teatro a Vapor*. São Paulo: Cultrix/MEC, 1977, pp. 98-99.

MAMÃE: Olha, aí vem papai. Pergunta-lho.

PAPAI (*Entrando.*): Ora muito boa-tarde. (*Beija a mulher e a filha.*)

MAMÃE: Ó Melo, a Dadá estava à tua espera para lhe explicares o que quer dizer "Sorte de...".

PAPAI: "Sorte de..."?

MAMÃE: Sim, "Sorte de..." três pontinhos; é o título de uma peça que se representa no Lucinda.

PAPAI: Ah! Já sei... "Sorte de..." (*À parte.*) Que entalação! (*Alto.*) Isso quer dizer... isso não quer dizer nada... É para não gastar papel que puseram ali aqueles três pontinhos... Sorte de... sorte de nada... sorte de coisa nenhuma... sorte de cacaracá! Isto é, nenhuma sorte; percebes?

A SENHORITA: Não, senhor!

MAMÃE: Nem eu.

PAPAI: Pois bem, minha filha, ali há realmente uma palavra oculta, mas uma palavra feia... uma palavra que tu não podes saber... foi por isso que a substituíram por três pontinhos...

A SENHORITA: Mas papai...

PAPAI: Não insistas! (*À Mamãe.*) Imagina que a tal palavra quer dizer... (*Diz uma palavra ao ouvido da Mamãe.*)

MAMÃE: Que horror!

PAPAI: Vejam a que estado chegou o teatro no Rio de Janeiro! Já nem mesmo os títulos das peças podem ser explicados às senhoritas, quanto mais as próprias peças!

MAMÃE: Não sei, realmente, onde vamos parar com tanta liberdade! (*À Senhorita.*) Papai tem razão, Dadá... Tu só poderás saber o que encobrem aquelas reticências depois que tiveres marido.

A SENHORITA: Pois sim! Quem me há de dizer é o primo Zeca...

Modos de Ver*

(*No fundo da venda de seu Zé. Nhá Chica prepara o almoço. Seu Zé extrai uma conta do borrador.*)

CHICA: Seu Zé?

ZÉ: Que temos?

CHICA: *Vancê* leu no *Jorná do Brasi* aquela história do *home* da *Vila Isabé* que a amiga dele deu tiro de *revorve* nele?

ZÉ: Li. É uma doida.

CHICA: Doida, não, seu Zé; o *home* deve sê de uma *muié* só!

ZÉ: Pois você não viu que ela era mais velha que ele?

CHICA: Isso não *qué dizê* nada. Quando um *home* e uma *muié* vive junto, não há mais moço nem mais *véio*; todos dois é da mesma idade.

ZÉ: Isso diz você porque é mais velha do que eu. Se fosse mais nova, talvez cá não estivesse.

CHICA: Eu não sei de nada; só sei que *cando vancê fizé* como o *home* de *Vila Isabé*, eu faço como a *tá* Sofia, dou um tiro em *vancê*.

ZÉ: E depois dá outro em si?

---

* *In: Teatro a Vapor*. São Paulo: Cultrix/MEC, 1977, pp. 99-100.

CHICA: Não! Isso é que não faço, porque não sou tola.

ZÉ: Mas nesse caso você passará o resto da vida na cadeia.

CHICA: Júri me *absorve*.

ZÉ: Qual absolve, qual nada! Você já viu júri absolver preto? E quando o júri a absolvesse, você ficaria atirada pra aí, na miséria.

CHICA: Isso é verdade.

ZÉ: Por isso o melhor que você tem a fazer é acabar com isto, antes que sinta necessidade de me dar cabo do canastro...

CHICA: Como *acabá* com isto, seu Zé? Olhe que eu sou preta mas tomara muitas brancas *tê* a minha procedência!

ZÉ: Não digo o contrário; mas um dia você já me deu a entender que tinha vontade de ir viver na roça com sua irmã. Pois bem; eu dou-lhe uma mala cheia de roupa, um conto de réis em dinheiro, pago-lhe a passagem, e você vai para a roça.

CHICA: *Vancê* me dá tudo isso?

ZÉ: Dou e mais alguma coisa!

CHICA: *Antão* eu vou! Mas *pruquê vancê qué* se *separá* de mim?

ZÉ: Porque tenho medo de morrer... estou ameaçado... e não respondo por mim...

CHICA: Pois está dito! Vou pra roça! Aí está como se evita uma desgraça! Se o *home* da *Vila Isabé* tivesse feito como *vancê*, não levava o tiro.

Reforma Ortográfica*

(*Numa barbearia do bairro da Saúde. O barbeiro mais sabichão que o céu cobre faz a barba a um freguês.*)

O FREGUÊS: Ó seu Isidro, que vem a ser isso de ortografia da Academia de Letras?

O BARBEIRO: Pois não sabe? A Academia, que é uma sociedade de literatos com um *t* só, e dos melhores, quer simplificar a escrita. Por exemplo: philosophia tem dois *hh*; para quê? Você chama-se Affonso...

O FREGUÊS: Alto lá! Eu me chamo Joaquim.

O BARBEIRO: É uma hipótese sem agás. Você chama-se Affonso com dois *ff*. Pois não lhe basta um? Que vem a fazer aquele outro?

O FREGUÊS: Então não é melhor que as palavras se escrevam com todos os *ff* e *rr*? Qual o resultado prático dessa reforma?

O BARBEIRO: Trata-se de uma grande economia de tempo, tinta e papel.

O FREGUÊS: Ouvi também dizer que a tal Academia quer que se escreva Kiosque com *q-u-i, qui*...

---

* *In: Teatro a Vapor*. São Paulo: Cultrix/MEC, 1977, pp. 100-101.

O BARBEIRO: Sim, senhor! Kiosque e todas as palavras que eram escritas com *k*. Essa letra já não existe no alfabeto sem *h*: a Academia suprimiu-a com um *p* só.

O FREGUÊS: Mas com os diabos! Isso não é simplificar, porque Kiosque com *q* tem oito letras e com *k* tem apenas sete!

O BARBEIRO: É para uniformizar com z. Uma vez que nós possuímos o *q*, que necessidade temos do *k*?

O FREGUÊS: Nada, seu Isidro, eu sou franco: kiosque com *q-u-i*, *qui* para mim não é kiosque nem aqui nem na casa do diabo!

O BARBEIRO: É uma questão de hábito. Desde que você se habitue... Eu cá estou entusiasmado sem *h* pela ortografia com *f*!

O FREGUÊS (*Erguendo-se.*): Bom; não lhe pago a barba porque só tenho aqui níkeis com *k*, aparecerei quando tiver com *que*... (*Sai.*)

O BARBEIRO: Querem ver que este sujeito com *j* aproveita a reforma ortográfica para ferrar-me com calo com um *l* só, e pregar-me uma peça com dois *ss*?

Quebradeira*

(*Epílogo ao* "Quebranto", *de Coelho Neto.*)

(*Sala em casa de Josino. Estão em cena ele e Dora, sua mulher.*)

DORA: É preciso lembrares-te de alguma coisa que nos tire desta situação!

JOSINO: Filha, todos os meus planos têm falhado! Já não sei para onde me volte!

DORA: Que triste ideia a de meus pais casarem-me contigo!

JOSINO: E poderias tu encontrar outro marido?

DORA: Está visto que sim! Quem tinha, como eu, um dote de 60 contos!...

JOSINO: Os 60 contos do seringueiro! Grande coisa! Só teu pai levou 20!

DORA: Era justo que ele ganhasse uma comissão...

JOSINO: E os 40 que ficaram já lá se foram! Estamos sem vintém, e reduzidos a viver de expedientes!

DORA: Tu bem podias ter procurado um emprego...

JOSINO: Trabalhar eu? Estás doida! Sei lá o que isso é!...

DORA: Malditas cartas anônimas!

---

* *In: Teatro a Vapor*. São Paulo: Cultrix/MEC, 1977, pp. 174-176.

JOSINO: Malditas, sim! Se não fossem elas, tu estarias casada com o Fortuna, e eu seria o teu amante!

DORA: Tu? Nunca!...

JOSINO: Por quê?

DORA: Nem tu nem outro qualquer! Nada! E a Maria das Contas?

JOSINO: Pois acreditas em histórias de caboclos?

DORA: Mas, vamos, dize alguma coisa! Nós precisamos pagar os credores mais exigentes! Isto é uma vergonha!

JOSINO: Eu só vejo um meio...

DORA: Qual?

JOSINO: Morder o comendador! Ele parece muito nosso amigo... visita-nos constantemente... faz-nos mil oferecimentos...

DORA: Pois morde-o!

JOSINO: Eu? Eu não!...

DORA: Então quem há de ser?

JOSINO: Tu! A minha dentada não produziria efeito!

DORA: Pois queres que eu?...

JOSINO: Tu sim: a um pedido teu, ele não resistirá.

DORA: Não resistirá por quê?

JOSINO: Ora, não te faças de ingênua!

DORA: Quanto lhe devo pedir?

JOSINO: Dez contos pelo menos. E é para atamancar!

Um Criado da Casa (*Entrando.*): Está aí o senhor comendador.

JOSINO: Faça-o entrar. (*O criado sai. À Dora*) Falai no mau... Não poderia vir mais a propósito. Deixo-te só com ele.

O COMENDADOR (*Entrando.*): Boa noite, meus amigos. (*Josino e Dora levantam-se e vão cumprimentá-lo.*) Passei por acaso... E como vi luz na sala...

JOSINO: Por um triz não me encontra: eu ia a sair.

O COMENDADOR: Nesse caso, saiamos juntos.

JOSINO: Não; o comendador pode ficar fazendo companhia a Dora. Tenho um negócio urgente e demorado; não estarei fora de casa menos de duas horas. (*Estendendo a mão ao Comendador.*) Até logo ou até amanhã.

O COMENDADOR: Até amanhã!

JOSINO: Adeus, Dora. (*Sai.*)

O COMENDADOR (*depois de dar um beijo em Dora.*): Que é isto? É a primeira vez que ele nos deixa à vontade!

DORA: Pois sim, mas fica prevenido de que esta concessão vai te custar dez contos de réis!

Lendo *A Notícia**

(*Na sala de jantar de Elesbão, à noite, à luz do gás. Ele e sua esposa, Dona Elisa, ambos maiores de 60 ou mais, acabam de ler* A Notícia *e estão comentando o caso dos noivos que apareceram mortos na manhã seguinte à do casamento.*)

DONA ELISA: Para mim foram assassinados! A tal portinha dos fundos encontrada aberta...

ELESBÃO: Ora! Ficou aberta, porque o noivo se esqueceu de fechá-la. Na noite do casamento os noivos esquecem-se de tudo...

DONA ELISA: Menos de fechar as portas!

ELESBÃO: Crê que o drama se passou apenas entre os dois. Ele ficou desesperado quando reconheceu que...

DONA ELISA: Não pode ser!

ELESBÃO: Por quê?

DONA ELISA: O cadáver foi encontrado de calças, e não é de pressupor que o pobre rapaz as vestisse para matar a esposa e suicidar-se. Enfim, o que for soará...

---

* *In: Teatro a Vapor*. São Paulo: Cultrix/MEC, 1977, pp. 179-180.

ELESBÃO: A polícia prendeu um dos antigos noivos da rapariga...

DONA ELISA: Eram uns poucos.

ELESBÃO: Não há nenhuma que se case sem ter tido antes meia dúzia de namorados!

DONA ELISA: Não sejas injusto! Tu foste o primeiro homem que fez falar o meu coração!

ELESBÃO: Pois sim!

DONA ELISA: Duvidas, Elesbão?

ELESBÃO: Ora! Estamos casados há 30 e tantos anos... Teria graça se fôssemos agora apurar essas coisas! (*Pegando n'* A Notícia.) O que me dá que pensar são essas linhas referentes ao exame médico legal: (*Lendo.*) "Tanto quanto nos foi possível saber, esse exame atestou curioso fenômeno que, sem ser raro, em todo caso dá ensejo à formação de juízo seguro."

DONA ELISA: Um fenômeno? Que será?...

ELESBÃO (*Continuando a ler.*): "Acreditamos guardar as reservas que o decoro exige, dizendo simplesmente que se trata de um fenômeno fisiológico de complacência."

DONA ELISA: De complacência?

ELESBÃO: Cá está: "De complacência."

DONA ELISA: Vai buscar um dicionário!

ELESBÃO: Que dicionário, que nada! Vamos dormir é que é!

DONA ELISA: Tens razão, são horas. (*Erguem-se ambos.*)

ELESBÃO: Ah! Minha velha, eu levanto as mãos para o céu todas as vezes que me lembro da nossa primeira noite de casados! Que noite venturosa!...

DONA ELISA: Venturosa? Não sei como não me encontraram morta no dia seguinte!...

ELESBÃO: Qual morta, qual nada! Naquela, o fenômeno de complacência fui eu...

Entre a Missa e o Almoço*

PERSONAGENS

A viscondessa

Isaltina

Dudu

Luísa

Laura

Elisiária

Arnaldo Viegas

Pedro

Rio de Janeiro. Atualidade.

(Sala em casa da viscondessa. Boa mobília, quadros, objetos de arte, etc. Porta ao fundo dando para o jardim. Duas portas à direita, janela à esquerda.)

---

* *In*: *Vida Alheia: Livro Póstumo*. Rio de Janeiro: Editora Leite Ribeiro, 1929, pp. 213-235.

✣ Entreato cômico. Representado no Teatro Recreio Dramático, em 25 de outubro de 1907. [N. do O.]

CENA I

PEDRO, depois ARNALDO.

(Ao levantar o pano, Pedro, o copeiro da casa, espana os móveis; alguns momentos depois, ouve-se uma campainha elétrica. Ele vai à porta do fundo e olha para fora).

PEDRO: Oh! O Sr. Dr. Arnaldo! Entre Sr. doutor! *(Arnaldo entra).* Como tem passado vossa senhoria? Vossa senhoria não se lembra de mim? Sou o Pedro... O Pedro, que foi copeiro de vossa senhoria!

ARNALDO: Ah!

PEDRO: Tenha a bondade de sentar-se.

ARNALDO: Obrigado. Estou bem.

PEDRO: A Sra. D. Alice está boa?

ARNALDO: Creio que sim.

PEDRO: Não fique querendo mal a Sra. D. Alice, não senhor; mas a Sra. D. Alice foi muito injusta para comigo.

ARNALDO, *quase interessado, a seu pesar:* – Por quê?

PEDRO: Pois Vossa Senhoria não se lembra que ela me despediu sem razão?

ARNALDO: Não sei disso.

PEDRO: Eu fazia muito bem a minha obrigação; não havia motivo de queixa; entretanto, o pretexto foi que o meu serviço era mau. *(Sorrindo)*. Depois vim a saber de tudo...

ARNALDO, *desta vez interessado:* – Tudo quê?

PEDRO: Quem me disse foi Seu Ferreira.

ARNALDO: Quem é Seu Ferreira?

PEDRO: O homem da venda. A cozinheira contou que eu era "11 letras" de vossa senhoria, que trazia recadinhos em segredo a vossa senhoria... Ora, seja tudo por amor de Deus!...

ARNALDO: Bom! Isso não tem importância.

PEDRO: Como não tem importância? Tem importância, sim senhor! Eu sou um pobre criado de servir, um homem de cor, mas nunca foi Mercúrio de ninguém!

ARNALDO: Isso lá vai...

PEDRO: Nunca tive patroa mais ciumenta que aquela! Vossa Senhoria vivia muito apoquentado!

ARNALDO, *a quem desagrada a conversa, naturalmente por ser com quem é,* – O visconde está em casa?

PEDRO: Está sim,senhor... Está ali *(Apontando para a direita baixa),* no seu gabinete, ocupado com a sua advocacia!... Oh! O Sr. visconde trabalha muito! Às 6 da manhã já está de pé... Senta-se à mesa de trabalho e desunha até às 11, mesmo aos domingos, como hoje!

ARNALDO: Está sozinho?

PEDRO: Sozinho. A Sra. viscondessa foi ouvir missa ali na Matriz. É verdade que a missa está a acabar, e a Sra. viscondessa não tarda aí com as amigas.

ARNALDO: As amigas?

PEDRO: Sim, senhor. Todos os domingos, depois da missa, ela traz consigo, da igreja, quatro ou cinco senhoras da vizinhança, que vêm tomar café e conversar, aqui na sala, sobre todos os assuntos da semana... É assim uma espécie de folhetim... *(Animado por um quase sorriso de Arnaldo)* Cortam na pele das outras... E principalmente das outras, que é um gostinho. Se Vossa Senhoria assistisse, escondido, a uma dessas conversas entre a missa e o almoço, divertia-se a valer! São terríveis! Sabem de tudo quanto se passa na casa alheia! A Sra. viscondessa é a que menos fala, mas parece que dá o cavaquinho por ouvir falar. É uma boa senhora, Vossa Senhoria não acha?

ARNALDO: Acho que você não perderia nada se também falasse menos. Ande, leve o meu cartão ao visconde, e pergunte-lhe se me pode receber.

PEDRO: *(que recebe o cartão, sai pela direita e volta logo depois.)* O Sr. visconde pede a Vossa Senhoria que entre. (Arnaldo, que examinava os quadros, sai pela direita baixa. Ouvem-se os sinos da igreja próxima.) Chi! Acabou a missa e a sala não está completamente espanada! (Espana às pressas.) A Sra. viscondessa, vendo um poucochinho de pé, faz um tempo quente! Bom! Pronto! Agora é tratar do café! *(Olhando para fora ao passar pela porta do fundo)*. Era tempo: aí vem o folhetim... *(Sai pela direita alta)*.

CENA II

A VISCONDESSA, ISALTINA, DUDU, LUÍSA, LAURA E ELISIÁRIA

(Bem trajadas todas, mas em cabelo. Traz cada uma o seu livro de missa. A viscondessa vai para os 50. Dudu tem apenas 17 anos. É mal-educada. Luísa, sua mãe, é quarentona. As outras são senhoras de 25 a 30 anos.)

A VISCONDESSA, entrando – Vão entrando sentem-se. Eu vou lá dentro ver o café. *(Entram outras. Dudu vai para a janela)*.

ELISIÁRIA: Viscondessa, não se esqueça de recomendar que tragam a minha xícara com muito pouco açúcar! *(A viscondessa sai pela direita alta.)*

LUÍSA: Tomara que o de hoje esteja melhor e o do domingo passado. Café, ou muito bom ou nenhum! *(De repente, vendo Dudu à janela)* Sai da janela, Dudu!

DUDU: Ora, mamãe!

LUÍSA: Não ouves! *(Dudu sai da janela).*

ELISIÁRIA: Há quatro, não: há cinco!

LAURA: Vocês também! Creio que há três!

ELISIÁRIA: Há cinco! Tem ouvido muita missa com aquela *toilette!*

LUÍSA: Pudera! O marido está pronto!

DUDU: Pronto para quê?

LUÍSA: "Pronto" quer dizer sem dinheiro.

DUDU: Nesse caso, também papai está pronto...

LUÍSA: Cala a boca, menina!

CENA III

AS MESMAS, A VISCONDESSA, PEDRO

(A viscondessa entra da direita alta, acompanhada por Pedro, que traz o café numa bandeja de prata.)

A VISCONDESSA, *às senhoras que estão de pé* – Então, sentem-se! *(Estão sentadas todas. Pedro oferece-lhes café. Todas se servem.)*

ELISIÁRIA: Qual é a que tem pouco açúcar?

PEDRO: Esta. *(Enquanto as senhoras tomam café, Pedro espera ao fundo, com a bandeja na mão. Luísa ao provar a sua xícara, faz uma careta).*

VISCONDESSA: Está bom?

LUÍSA: Esplêndido!

LAURA: Magnífico!

ISALTINA: Delicioso!

DUDU, *com ironia* – Supimpa!

LUÍSA: Dudu!

(Pedro recolhe as xícaras vazias.)

ISALTINA, *pondo a sua xícara na bandeja* – Estou tão habituada a este cafezinho depois da missa, que não poderia mais passar sem ele!

(Pedro sai pela direita alta, levando a bandeja. Silêncio.)

DUDU *solenemente* – Está aberta a sessão! *(Todos riem.)*

LUÍSA: Dudu!

VISCONDESSA: Esta menina tem lembranças! Pois bem, está aberta a sessão. Quem pede a palavra!

ISALTINA: Eu!

VISCONDESSA: Tem a palavra.

ISALTINA: Quero dar-lhes uma grande novidade.

TODAS: Qual?

ISALTINA: Uma novidade de sensação! Preparem-se!

VISCONDESSA: Estamos preparadas.

ISALTINA: Alice Viegas separou-se anteontem do marido!

TODAS: Hein!

VISCONDESSA: Que está dizendo, Isaltina? Isso pode lá ser!

LUÍSA: Não é possível!

ISALTINA: É o que lhes digo: separaram-se! A Alice está em casa dos pais, no Andaraí. Vão tratar do divórcio!

VISCONDESSA: Quem lhe deu essa noticia?

ISALTINA: Pessoa fidedigna: o médico da casa que assistiu, sem querer, ao final da cena de rompimento, e depois foi ao Andaraí para ver a Alice, que estava excessivamente nervosa.

VISCONDESSA: O Dr. Getúlio?

ISALTINA: Esse mesmo. Como sabem, é meu compadre. Foi, como todos os sábados, jantar comigo ontem e contou-me tudo.

DUDU: Ora! Briga de marido e mulher não dura. Qualquer dia têm saudades um do outro e fazem as pazes!

LUÍSA: Cala a boca menina!

VISCONDESSA: É difícil de acreditar! O Arnaldo Viegas vivia com a mulher como dois pombinhos...

LAURA: Não quer dizer nada.

ISALTINA: As aparências iludem. Eles ultimamente não se podiam ver...

ELISIÁRIA: Pode ser tudo verdade. A minha engomadeira, que serviu em casa deles não há multo tempo, disse-me que andavam sempre como o cão e o gato.

VISCONDESSA, *em tom repreensivo* – E você calada, Elisiária?

ELISIÁRIA: Esqueci-me de lhes dizer.

ISALTINA: Em todo caso, não creio que a razão esteja com o marido...

DUDU, *arrebatadamente* – Por quê?

LUÍSA: Cala a boca, Dudu! Não te metas onde não és chamada!

LAURA: Conheço perfeitamente Alice; fomos companheiras de colégio; é uma senhora acima de qualquer suspeita.

ELISIÁRIA: Quem sabe lá? Tem se visto tanta coisa extraordinária!...

VISCONDESSA: Sim, tem-se visto muita coisa... mas não há dúvida que até hoje ninguém lembrou de dizer mal de Alice.

ISALTINA, *apoiando* – Ninguém. Não gosto dela nem ela de mim, mas devo ser justa! Ninguém, nem mesmo nós!...

LAURA: Por que é que você não gosta dela? Alice é tão boazinha!...

ISALTINA: Não duvido; mas de tempos a esta parte começou a tratar-me por cima do ombro, fingindo que não me vê quando me encontra em qualquer parte, minha amiga, mas não me quis dizer por quê.

DUDU: Então seria melhor que não a prevenisse!

LUÍSA: Cala a boca, Dudu!

DUDU: Eu, quando me tratam mal, quero saber por quê!

LUÍSA: Então?

DUDU: Ora, mamãe! Estou dizendo alguma asneira?

LUÍSA: Estas conversas não são para senhoritas.

DUDU: Então por que a senhora me trouxe?

(Vai de mau modo para a janela.)

ISALTINA: Sou tão superior a essas pequenices, que a defendo, mesmo sem conhecer os motivos da separação!

VISCONDESSA: Conheço de perto o Dr. Arnaldo, que é contraparente do visconde. É um moço distintíssimo, correto, bem-educado, e nada consta que o desabone.

ELISIÁRIA: A Alice tem um grande defeito.

TODAS, *com interesse* – Qual?

ELISIÁRIA: É muito ciumenta. A esse respeito a minha engomadeira contou-me coisas muito interessantes.

LUÍSA, *vendo Dudu à janela* – Dudu, sai da janela! Oh, que menina teimosa!...

VISCONDESSA: Deixa-a. Que tem?

LUÍSA: O filho do Oliveira estava na igreja e não tirava os olhos dela. Naturalmente anda a rondar. – Dudu!

DUDU, *saindo da janela* – Ora, mamãe!... Não sei o que faça!... Se fico aqui, não devo ouvir a conversa, que é gênero livre; se vou para a janela, não devo estar na janela! Que coisa!

(Senta-se amuada a folhear um álbum de retratos.)

LUÍSA: Coisa ruim!...

LAURA: Também eu creio que sejam os ciúmes o motivo da separação. O Dr. Viegas vivia num cortado!

ISALTINA: Minha cara, não há desconfiança de esposa que não tenha razão de ser. Isso de ciúmes infundados é uma história inventada pelos senhores homens. A Alice era ciumenta porque provavelmente o marido lhe dava razão para isso.

VISCONDESSA: Deus me livre de defender homens, mas hão de convir; há casos em que a injustiça de certas senhoras...

ISALTINA: As vítimas somos sempre nós!

ELISIÁRIA: Sempre? Isso é muito absoluto!

ISALTINA: Será, mas é assim mesmo. Nesse ponto sou intransigente. Defendo contra os homens até as minhas próprias inimigas!...

VISCONDESSA: É levar muito longe o feminismo ou o espírito do sexo.

ISALTINA: Não há maridos irrepreensíveis... e compreende-se: eles saem, vão a toda parte, são livres, e não há ninguém que não abuse da liberdade... Isso está na massa do sangue humano... E nós ficamos em casa, metidas entre paredes...

DUDU: Entre quatro paredes? Pois sim! Há senhoras casadas que apanhando os maridos na rua...

LUÍSA: Cala a boca, Dudu.

ISALTINA: Se o Dr. Arnaldo Viegas aparecesse aqui neste momento, eu interpelá-lo-ia e vocês veriam se tenho ou não tenho razão!

(Abre-se a porta da direita baixa e aparece Arnaldo Viegas. Espanto geral. Todas as senhoras se levantam.)

CENA IV

AS MESMAS, ARNALDO VIEGAS

ARNALDO, *tomando a cena depois de uma larga pausa* – O Dr. Arnaldo Viegas aqui está, minha senhora, e pronto para responder à interpelação... Ouvi sem querer... Estava naquele gabinete em conferência com o visconde, e ao sair...

VISCONDESSA: Não sabíamos. A sua presença foi para nós uma surpresa, e o seu aparecimento produziu um efeito verdadeiramente teatral *(rindo-se)*. Mas não faça caso do que disse a Isaltina.

ISALTINA: Ah! Eu não recuo, viscondessa! Os homens não metem medo!...

ARNALDO: O mesmo não digo eu das mulheres, mas faz V. Exa. muito bem e, uma vez que deseja interpelar-me, interpele-me à vontade!

DUDU: Quero ver como D. Isaltina descalça essa bota!

LUÍSA: Dudu!

ARNALDO: O assunto da interpelação não pode ser outro senão o lamentável incidente, que se acaba de dar na minha casa, e do qual foi testemunha, em parte, o Dr. Getúlio, compadre de V. Exa. – mas Vossas Excelências estavam sentadas... levantaram-se quando eu entrei... queiram sentar-se. Também eu me sento. *(Sentam-se todos.)* Pois, é verdade, minhas senhoras, separei-me de minha mulher. Era dela que falavam? Destruiu todo o meu laborioso sonho de futuro...

"Destruiu" é um modo de dizer: destruído estava ele há muito tempo. Agora mesmo solicitei do visconde que se encarregasse do meu processo de divórcio...

Divórcio?

Quando poderia eu pensar que o meu amor tivesse um epílogo judiciário! *(Silêncio.)* Enganei-me? Não era esse o objeto da interpelação?

ISALTINA: Era, sim, senhor. Eu defendi sua senhora. O doutor bem sabe que ela, não sei por quê, deixou de simpatizar comigo; portanto, não sou suspeita... Qual dos dois é o culpado? Ela? Duvido!

ARNALDO: Somos culpados ambos, ela e eu. Ela, porque era injusta, porque fazia da nossa casa um inferno e não me deixava trabalhar, e porque, casado há quase três anos, não tratei de corrigir desde os primeiros dias, os seus defeitos de educação. Alice entendeu que eu deveria ser, não o seu esposo, não o seu companheiro, amante, leal e dedicado, mas o escravo dos seus caprichos, das suas fantasias, das suas ilusões. Fiz todos os esforços para viver só para ela e para o trabalho, mas não consegui. Se continuássemos ligados um ao outro, em pouco tempo estaríamos velhos e gastos. Não nos compreendíamos, e já não nos amávamos. Não tínhamos filhos, éramos ricos, o melhor que podíamos fazer era procurar cada qual outro rumo. Foi o que fizemos.

ISALTINA: Mas Alice é uma senhora honesta.

ARNALDO: Quem diz o contrário? Posso dar o melhor testemunho da sua honestidade, empregando a palavra honestidade na acepção em que V. Exa. a empregou, isto é, tenho certeza de que Alice, depois de casada, nunca pensou noutro homem que não fosse eu.

LUÍSA: Dudu, vai para a janela.

DUDU: Que coisa! *(Vai para a janela.)*

ARNALDO: Ela é honesta, e também eu o sou, conquanto, ela e V. Exas. não creiam. *(Murmúrios de protestos.)* Mas a honestidade não basta para fazer a ventura de um casal; é preciso também o amor. Desde que este desapareceu para dar lugar à mentira e à hipocrisia, só as conveniências sociais me obrigariam a aceitar uma situação intolerável e eu – com perdão de V. Exas. – declaro que não sacrifico a minha vida à sociedade, nem o meu quinhão de felicidade a essa moral despótica que é a desgraça dos fracos. Não sou fatalista, não creio na boa ou má sorte dos indivíduos, e acho que toda criatura humana, quando mais não seja senão pelo instinto de conservação, tem o direito de remover quantos obstáculos as circunstâncias oponham à sua felicidade. O destino é um preconceito.

VISCONDESSA: Mas não me parece que o seu caso seja caso para divórcio.

ARNALDO: O divórcio não foi instituído exclusivamente para os desonestos. Serve também para os infelizes... para os que se ligaram por um equívoco. Apenas lamento que o não tenhamos ainda absoluto e completo e Alice e eu não possamos recobrar senão parte da nossa liberdade.

LAURA, *tristemente* – Alice era muito ciumenta.

ARNALDO: Ainda bem que V. Exa. o sabe. Foram os seus ciúmes que envenenaram a nossa existência conjugal e deram cabo do nosso amor. Não eram zelos, que os zelos são um condimento melindroso de toda a afeição sincera; eram ciúmes, ciúmes terríveis, extravagantes, absurdos, odiosos, – ciúmes que me ofendiam profundamente e muitas vezes me colocavam numa situação desairosa e ridícula –, ciúmes de todas as senhoras com que eu falava – ciúmes das mulheres desconhecidas que se sentavam a meu lado no bonde ou no teatro: – ciúmes das amigas, das parentes, das criadas e até das cozinheiras....

ISALTINA: Não é crível que tantos ciúmes fossem à toa, não é crível que o doutor não lhe tivesse dado, ao menos, uma vez, razão para...

DUDU, *deixando a janela* – Isso agora é impertinência!

LUÍSA: Dudu!...

ARNALDO, *depois de uma pausa, tomando uma resolução e aproximando a sua cadeira da de Isaltina* – Ouça bem, minha senhora, e responda. Invertamos os papéis, agora quem interpela sou eu. Uma noite tive a honra de encontrá-la no Cassino, durante uma partida, do Clube dos Diários, e troquei algumas palavras com V. Exa. Lembra-se?

ISALTINA: Perfeitamente. Foi o ano passado.

ARNALDO: Pois bem, as minhas palavras foram inconvenientes?... Eram palavras que V. Exa. não pudesse ou não devesse ouvir?

ISALTINA: Oh, doutor!... essa pergunta!...

ARNALDO: Peço a V. Exa. que me responda: algum dia faltei ao respeito devido a V. Exa.?

ISALTINA: Nunca...! Nem eu o permitiria!

ARNALDO: Algum dia estive a sós com V. Exa.?

ISALTINA: Comigo?! Nunca!

ARNALDO: Algum dia V. Exa. recebeu carta minha ou recado meu? Algum dia lobrigou nos meus olhares ou nos meus gestos a manifestação de um desejo impuro?

ISALTINA: Nunca!

ARNALDO: Pois bem, na opinião da minha mulher, V. Exa. foi minha amante! *(Levanta-se.)*

TODAS: Oh! *(Levantam-se todas, menos Isaltina).*

ARNALDO: Ela muitas vezes lançou à cara os meus amores com V. Exa. e fartou-se de dizer a muita gente, inclusive ao Dr. Getúlio, compadre de V. Exa. Pergunte-lho!

ISALTINA: Estou petrificada!

VISCONDESSA: O caso não é para menos.

ARNALDO: Creio que me justifiquei perfeitamente. Peço a V. Exas. permissão para me retirar.. Viscondessa... minhas senhoras... *(Cumprimenta.)*

TODAS: Doutor... *(Arnaldo sai.)*

CENA V

AS MESMAS, menos ARNALDO

ISALTINA, *levantando-se e prorrompendo em pranto* – Por esta não esperava eu!

DUDU: Pois eu esperava!

LUÍSA: Dudu!

VISCONDESSA: Não chore... Não há razão para tanto!...

ISALTINA: Estou muito nervosa.

VISCONDESSA: Isso passa, não é nada. Minhas amigas, o Dr. Arnaldo Viegas respondeu tao bem à interpelação que podemos, creio, votar uma moção de confiança.

TODAS, *menos Isaltina* – Apoiado!

DUDU: Está levantada a sessão!

Caricatura de Artur Azevedo.

Série Essencial

001 Oswaldo Cruz, *Moacyr Scliar*
002 Antônio Houaiss, *Afonso Arinos, filho | 1.ª ed., ABL, esgotado.*
003 Peregrino Júnior, *Arnaldo Niskier*
004 João do Rio, *Lêdo Ivo*
005 Gustavo Barroso, *Elvia Bezerra*
006 Rodolfo Garcia, *Maria Celeste Garcia*
007 Pedro Rabelo, *Ubiratan Machado*
008 Afonso Arinos de Melo Franco, *Afonso Arinos, filho*
009 Laurindo Rabelo, *Fábio Frohwein de Salles Moniz*
010 Artur Azevedo, *Sábato Magaldi*

Composto em Caslon 11/15,5 pt.

IMPRESA OFICIAL DO ESTADO DE SÃO PAULO

Coordenação Editorial: *Cecília Scharlach*
Assistência Editorial: *Ariadne Martins*
Assistência à Editoração: *Ana Lúcia Charnyai*
Fernanda Buccelli
Marilena Camargo Villavoy
Marli Santos de Jesus
Teresa Lucinda Ferreira de Andrade
Editoração, CTP, Impressão e Acabamento: *Imprensa Oficial do Estado de São Paulo*

Foi feito o depósito legal na Biblioteca Nacional
(lei nº 10.994, de 14.12.2004)

Impresso no Brasil
2.ª edição

Formato: *13 x 18,5 cm*
Tipologia: *Caslon*
Papel Capa: *Cartão Triplex 250 g/m²*
Miolo: *Chamois Fine Dunas 120 g/m²*
Número de páginas: *68*
Tiragem: *2000*

Rua da Mooca, 1.921 Mooca
03103 902 São Paulo SP
sac 0800 01234 01
sac@imprensaoficial.com.br
livros@imprensaoficial.com.br
www.imprensaoficial.com.br